D1524208

Der Juwelenraub im Grand Metropolitan

[Jewel Robbery at the Grand Metropolitan]

by

AGATHA CHRISTIE

&

Adaptation for German

Language Learners

by

Bolor Bold & Gabriel Duss

INHALT

Vorwort

Before you start reading, we wanted to give you a heads up about this adapted German version of Agatha Christie's "Jewel Robbery at the Grand Metropolitan" from the book "Poirot Investigates" (which was originally published in 1924). Our goal was to make this story easier to read for German language learners while keeping all the excitement, humor, and details of the original. Check out a sample text to see what we mean.

Original text in English:

When my friend returned, I enjoyed telling him the tale of what had occurred during his absence. He cross-questioned me rather sharply over the details of our conversation and I could read between the lines that he was not best pleased to have been absent. I also fancied that the dear old fellow was just the least inclined to be jealous. It had become rather a pose with him to consistently belittle my abilities, and I think he was chagrined at finding no loophole for criticism. I was secretly rather pleased with myself, though I tried to conceal the fact for fear of irritating him. In spite of his idiosyncrasies, I was deeply attached to my quaint little friend.

ADAPTED version for German learners:

Als mein Freund zurückkam, erzählte ich ihm gerne, was passiert war, während er weg war. Er stellte mir viele Fragen zu unserem Gespräch, und ich merkte, dass er nicht glücklich darüber war, dass er nicht da war. Ich dachte auch, dass er vielleicht ein bisschen eifersüchtig ist. Er versucht immer, mich als weniger fähig hinzustellen, und ich glaube, er war enttäuscht, dass er nichts zu kritisieren hatte. Insgeheim war ich mit mir selbst ziemlich zufrieden, aber ich versuchte, es nicht zu zeigen, um ihn nicht wütend zu machen. Trotz seiner Eigenheiten mag ich meinen süßen kleinen Freund sehr.

English translation of the adapted version:

When my friend came back I happily told him what had happened while he was away. He asked me a lot of questions about our conversation and I could tell he wasn't happy about not being there. I also thought that maybe he was a bit jealous. He's always trying to make me look less capable and I think he was disappointed that he didn't have anything to criticise. Secretly, I was quite pleased with myself, but I tried not to show it so as not to make him angry. Despite his peculiarities, I really like my sweet little friend.

To aid you in your reading journey, we have divided the story into six sections, each accompanied by captivating illustrations. We have also included footnotes with vocabulary words on each page and 10 comprehension questions at the end of each section to help you navigate the German language. And don't worry if you encounter French words in Monsieur Poirot's dialogue - they only add to his unique character and are easily understood in context.

Finally, for those who may need it, we have included an English translation of the adapted version at the end of the book. So sit back, relax, and enjoy the adventure with Monsieur Poirot.

. . . Poirot sah sich ruhig um.

"Mit all diesen Juwelen wünschte ich, ich wäre ein Dieb und nicht ein Detektiv". . .

I

"Poirot," sagte ich, "Sie brauchen frische Luft."

"Glauben Sie das, mon ami?"

"Da bin ich mir sicher."

"Eh-eh?," sagte mein Freund lächelnd, "Es ist also alles arrangiert?"

"Du wirst kommen?"

"Was schlägst du vor?"

"Brighton. Ein Freund von mir hat mir eine sehr gute **Gelegenheit empfohlen**[1], und ich habe etwas **Geld zur Verfügung**[2]. Ich denke, ein Wochenende im Grand Metropolitan wäre sehr gut für uns."

"Ich danke Ihnen für Ihre freundliche Einladung, mein lieber Freund. Ich nehme sie mit Dankbarkeit an. Es wärmt mein Herz, dass Sie sich noch an einen alten Mann wie mich erinnern. Ein gutes Herz zu haben ist genauso **wertvoll wie ein scharfer Verstand**[3]. Ich sage Ihnen das, weil ich es manchmal selbst vergesse."

---

1 Gelegenheit empfohlen - recommended opportunity

2 Geld zur Verfügung - money to spare

3 wertvoll wie ein scharfer Verstand - as valuable as a sharp mind

Es gefiel mir nicht ganz, wie er es sagte. Ich fand es immer faszinierend, dass Poirot manchmal dazu neigte, **meine Intelligenz zu unterschätzen**[1]. Aber ich **ließ es durchgehen**[2], weil er so erfreut schien.

"Prima, dann ist das ja geklärt," sagte ich hastig.

Am Samstagabend aßen wir im Grand Metropolitan, **umgeben von einem lebhaften Publikum**[3]. Alle und ihre Ehepartner schienen in Brighton zu sein. Die Kleidung war erstaunlich, und der Schmuck war etwas Prächtiges, obwohl einige Leute sie nur trugen, um anzugeben, und nicht, weil sie gut aussahen.

Poirot kommentierte:

"Ah, was für ein Spektakel!" mit tiefer Stimme. „Das ist die **Residenz des Profiteurs**[4], nicht wahr, Hastings?

---

1 meine Intelligenz zu unterschätzen - to underestimate my intelligence

2 ließ es durchgehen - let it pass

3 umgeben von einem lebhaften Publikum - surrounded by a lively crowd

4 Residenz des Profiteurs - residence of the profiteer

"Das sagen sie," antwortete ich. „Aber hoffen wir, dass sich nicht alle der **Profitmacherei schuldig machen**[1]."

Poirot sah sich ruhig um.

"Mit all diesen Juwelen wünschte ich, ich wäre ein Dieb und nicht ein Detektiv. Was für eine tolle **Gelegenheit für einen talentierten Dieb**[2]! Sehen Sie, Hastings, die kräftige Frau an der Säule. Sie ist, **wie Sie sagen würden, mit Edelsteinen übersät**[3]."

Ich folgte seinem Blick.

"Ah, das ist Frau Opalsen."

"Kennen Sie sie?"

"Ein wenig. Ihr Mann ist ein reicher Börsenmakler, der durch **den jüngsten Ölboom ein Vermögen gemacht hat.**[4]"

Nach dem Essen trafen wir uns mit den Opalsens in der Lounge, und ich stellte Poirot

---

[1] Profitmacherei schuldig machen - guilty of profiteering

[2] Gelegenheit für einen talentierten Dieb - opportunity for a talented thief

[3] wie Sie sagen würden, mit Edelsteinen übersät - as you would say, plastered with gems

[4] den jüngsten Ölboom ein Vermögen gemacht hat - made a fortune from the recent oil boom

ihnen vor. Wir unterhielten uns ein paar Minuten und tranken schließlich gemeinsam Kaffee.

Poirot **lobte einige der teuren Edelsteine**[1] auf der Brust der Dame, worauf **sie sofort aufleuchtete**[2].

"Das ist ein perfektes Hobby von mir. Ich liebe Juwelen, Mr. Poirot. Ed weiß das, und jedes Mal, wenn er gut verdient, kauft er mir etwas Neues. Mögen Sie Edelsteine?"

"Ich habe schon oft mit Edelsteinen gearbeitet, Madame. In meinem Beruf habe ich einige der berühmtesten Juwelen der Welt gesehen." Dann erzählte er eine Geschichte über Juwelen aus einer königlichen Familie, **änderte aber die Namen, um sie geheim zu halten**[3]. Frau Opalsen hörte ihm mit großem Interesse zu.

"Da, sehen Sie!," sagte sie, als er fertig war. "Es ist wie ein Theaterstück! Wissen Sie, ich habe eine Perlenkette mit ihrer eigenen Geschichte. Es soll eine der schönsten der Welt sein - die Perlen sind

---

[1] lobte einige der teuren Edelsteine - praised some of the expensive gemstones

[2] sie sofort aufleuchtete - she immediately brightened up

[3] änderte aber die Namen, um sie geheim zu halten - but changed the names to keep them secret

so **schön aufeinander abgestimmt**[1] und so perfekt in der Farbe. Ich muss sie unbedingt holen gehen!"

"Oh, bitte bemühen Sie sich nicht, Madame," protestierte Poirot.

"Aber ich möchte es Ihnen zeigen!"

Die mollige Dame **eilte zum Aufzug hinüber**[2]. Ihr Mann, der sich mit mir unterhalten hatte, sah Poirot neugierig an.

"Madame möchte mir ihr Perlenkette zeigen," erklärte der Detektiv.

Herr Opalsen lächelte zufrieden und rief aus.

"Oh, die Perlen! Sie sind sicherlich sehenswert, aber sie waren ziemlich teuer. Aber ich könnte sie leicht für das verkaufen, was ich bezahlt habe, oder sogar mehr. Wenn es so weitergeht, muss ich sie vielleicht verkaufen, denn das Geld ist knapp in der Stadt wegen dieser verfluchten E.P.D." Er redete weiter über technische Dinge, die ich nicht verstehen konnte.

---

[1] schön aufeinander abgestimmt - nicely coordinated

[2] eilte zum Aufzug hinüber - hurried over to the elevator

Plötzlich unterbrach ihn ein kleiner Page und flüsterte ihm etwas ins Ohr.

"Was? Ich komme sofort. Ist sie krank? Entschuldigen Sie mich, meine Herren."

Er verließ uns abrupt. Poirot lehnte sich zurück und zündete sich eine kleine russische Zigarette an. Dann ordnete er die leeren Kaffeetassen sorgfältig in einer Reihe an und sah zufrieden aus mit dem Ergebnis.

Minuten vergingen, aber die Opalsens kehrten nicht zurück.

"Seltsam," sagte ich nach einer Weile. "Ich frage mich, wann sie zurückkommen."

Poirot beobachtete, wie der **Rauch seiner Zigarette aufstieg**[1] und sagte nachdenklich,

"Sie werden nicht zurückkommen."

"Warum nicht?" fragte ich.

"Weil, mein Freund, etwas passiert ist."

"Was ist denn passiert? Woher weißt du das?" fragte ich neugierig.

---

[1] Rauch seiner Zigarette aufstieg - smoke from his cigarette rose

Poirot lächelte.

"Vor ein paar Augenblicken **kam der Geschäftsführer eilig**[1] aus seinem Büro und rannte die Treppe hinauf. Er schien sehr aufgeregt zu sein. Der Liftboy ist in ein Gespräch mit einem der Pagen vertieft. Die Aufzugsglocke hat dreimal geläutet, aber er ignoriert sie. Drittens sind sogar **die Kellner abgelenkt**[2]; und einen Kellner abzulenken..." Poirot schüttelte mit einem entschlossenen Blick den Kopf. "Die Sache muss sehr wichtig sein. Ah, genau wie ich dachte! Da kommt die Polizei."

Zwei Männer hatten gerade das Hotel betreten - einer in Uniform, **der andere in Zivil**[3]. Sie sprachen mit einem Pagen und wurden sofort nach oben geführt. Einige Minuten später **kam derselbe Junge herunter**[4] und sprach uns an.

"Herr Opalsen lässt grüßen und bittet Sie, nach oben zu kommen," sagte er.

---

[1] kam der Geschäftsführer eilig - the manager hurried over

[2] die Kellner abgelenkt - the waiters distracted

[3] der andere in Zivil - the other in civilian clothes

[4] kam derselbe Junge herunter - the same boy came down

Poirot stand schnell auf, als ob er **die Aufforderung erwartete**[1]. Ich folgte ihm ohne zu zögern.

✻✻✻✻

---

[1] die Aufforderung erwartete - awaited the invitation

Quiz 1

1. Was Hastings Meinung nach brauchte Poirot?
   a) frische Luft
   b) frisches Essen
   c) frisches Wasser
2. Was denkt Poirot über die Menschen in Brighton?
   a) Er denkt, dass alle Menschen in Brighton reich sind.
   b) Er denkt, dass einige Menschen in Brighton von Profitgier getrieben werden.
   c) Er denkt, dass die Menschen in Brighton zu freundlich sind.
3. Was denkt Poirot über die Juwelen, die er im Hotel sieht?
   a) Er denkt, dass es eine gute Gelegenheit für einen talentierten Dieb wäre.
   b) Er denkt, dass alle Juwelen im Hotel gefälscht sind.
   c) Er denkt, dass die Juwelen im Hotel nur für die Show sind
4. Wer ist Frau Opalsen?
   a) eine berühmte Schauspielerin
   b) die Frau eines Börsenmaklers
   c) die Besitzerin des Grand Metropolitan Hotels
5. Was ist das Hobby von Frau Opalsen?
   a) Sie sammelt Gemälde.
   b) Sie sammelt Juwelen.
   c) Sie sammelt Uhren.
6. Was hat Frau Opalsen über ihre Perlenkette gesagt?
   a) Sie hat sie selbst gemacht.

b) Sie ist eine der schönsten der Welt.

c) Sie ist unbedeutend.

7. Was erzählt Poirot Frau Opalsen über seine Erfahrung mit Juwelen?

   a) Er hat viele Juwelen gestohlen.

   b) Er hat viele Juwelen repariert.

   c) Er hat viele berühmte Juwelen gesehen.

8. Was denkt Herr Opalsen über die Perlenkette seiner Frau?

   a) Er denkt, dass sie zu teuer war.

   b) Er denkt, dass sie ein gutes Investment war.

   c) Er denkt, dass sie ein Familienstück ist.

9. Was hat Herr Opalsen über die EPD gesagt?

   a) Er hat sie gelobt.

   b) Er hat sie kritisiert.

   c) Er hat sie vermisst.

10. Wer hat Herr Opalsen während des Gesprächs unterbrochen?

   a) sein Butler

   b) ein Page

   c) seine Frau

..."Sehen Sie, Hastings, die kräftige Frau an der Säule. Sie ist, wie Sie sagen würden, mit Edelsteinen übersät."

Ich folgte seinem Blick.

"Ah, das ist Frau Opalsen."...

II

Die Opalsens hatten ein Zimmer im ersten Stock des Hotels. Nachdem wir an die Tür geklopft hatten, ging der Page weg, und wir hörten eine Stimme sagen: "Herein!". Das Zimmer war das Schlafzimmer von Frau Opalsen, und sie saß in der Mitte des Raumes und weinte unkontrolliert. Ihr Aussehen war recht ungewöhnlich, denn **die Tränen hatten tiefe Spuren in der dicken Puderschicht hinterlassen**[1], die ihr Gesicht bedeckte. Herr Opalsen ging wütend hin und her. Zwei Polizeibeamte standen in der Mitte des Raumes, einer von ihnen hielt ein Notizbuch in der Hand. Ein Zimmermädchen stand in der Nähe des Kamins und **sah sehr verängstigt aus**[2]. Auf der anderen Seite des Zimmers weinte das französische Dienstmädchen von Frau Opalsen ebenfalls und rang die Hände, genau wie ihre Herrin.

Poirot ging ruhig und mit einem Lächeln in den chaotischen Raum. Plötzlich sprang Frau Opalsen, die ziemlich groß war, von ihrem Stuhl auf und

---

[1] die Tränen hatten tiefe Spuren in der dicken Puderschicht hinterlassen - the tears had left deep traces in the thick layer of powder

[2] sah sehr verängstigt aus - looked very frightened

kam schnell auf ihn zu. "Ich glaube an das Glück, und ich habe das Gefühl, **es ist wie ein Schicksal**[1], dass wir uns heute Abend treffen. Wenn Sie meine Perlen nicht finden können, dann kann es niemand."

"Bitte beruhigen Sie sich, Madame," sagte Poirot und **tätschelte ihre Hand**[2]. "Alles wird gut werden. Hercule Poirot wird Ihnen helfen."

Herr Opalsen wandte sich an den Polizeiinspektor.

"Ist es in Ordnung, wenn wir diesen Herrn hier haben?," fragte er.

"Sicher, kein Problem, Sir," antwortete der Inspektor höflich, aber ohne wirkliches Interesse. "Jetzt, wo es Ihrer Dame besser geht, kann sie uns vielleicht die Informationen geben, die wir brauchen?"

Frau Opalsen **sah Poirot hilfesuchend an**[3]. Er führte sie zurück zu ihrem Stuhl.

---

[1] es ist wie ein Schicksal - it is like a destiny

[2] tätschelte ihre Hand - patted her hand

[3] sah Poirot hilfesuchend an - looked at Poirot appealingly

"Bitte setzen Sie sich, Madame, und erzählen Sie uns die ganze Geschichte, **ohne sich aufzuregen**[1]."

Frau Opalsen trocknete ihre Tränen und begann: "Ich kam nach dem Abendessen nach oben, um meine Perlen zu holen, damit Herr Poirot sie sehen konnte. Das Zimmermädchen und Celestine waren wie immer im Zimmer…"

"Entschuldigen Sie, Madame, aber was meinen Sie mit 'wie immer'?"

Frau Opalsen erklärte,

"Ich lasse niemanden in dieses Zimmer, **es sei denn, Celestine, meine Dienstmädchen, ist anwesend**[2]. Das Zimmermädchen reinigt das Zimmer am Morgen, während Celestine da ist, und kommt nach dem Abendessen zurück, um die Betten zu machen, auch wenn Celestine da ist.

Frau Opalsen fuhr mit ihrer Geschichte fort: "Ich kam also nach oben und ging zu dieser Schublade" und deutete auf die rechte Schublade des Schminktisches. "nahm mein Schmuckkästchen

---

[1] ohne sich aufzuregen - without getting upset.

[2] es sei denn, Celestine, meine Dienstmädchen, ist anwesend - unless Celestine, my maid, is present.

heraus und schloss es auf. Alles schien normal zu sein, aber die Perlen waren nicht da!"

Der Inspektor fragte: "Wann haben Sie sie zuletzt gesehen?"

"Ich habe sie vor dem Abendessen gesehen," sagte sie.

"Sind Sie sicher?"

"Ja. Ich war mir nicht sicher, ob ich sie tragen sollte oder nicht. Aber ich entschied mich, **die Smaragde zu tragen**[1] und die Perlen wieder in die Schmuckkästchen zu legen."

"Wer hat das Schmuckkästchen verschlossen?," fragte der Inspektor.

"Das war ich," antwortet Frau Opalsen und zeigt den Schlüssel um ihren Hals.

Der Inspektor untersucht ihn und sagt

"Der Dieb muss eine Kopie des Schlüssels gehabt haben. Es ist nicht schwer, ihn zu kopieren. Dies ist ein einfaches Schloss. Was haben Sie getan, nachdem Sie das Schmuckkästchen verschlossen haben?"

---

[1] die Smaragde zu tragen - to wear the emeralds.

"Ich habe es in die Schublade zurückgelegt, wo ich es immer aufbewahre," sagte sie.

"Haben Sie die Schublade verschlossen?," fragte der Inspektor.

"Nein, das tue ich nie. Mein Dienstmädchen ist immer hier, also brauche ich es nicht."

Das Gesicht des Inspektors wurde ernst.

"Lassen Sie mich das klarstellen. Die Perlen waren vor dem Abendessen in der Schmuckkästchen, und seitdem hat das Dienstmädchen das Zimmer nicht mehr verlassen?"

Plötzlich rief Celestine aus und rannte auf Poirot zu und sprach auf Französisch mit ihm:

Die Anschuldigung war schrecklich! Dass man sie verdächtigte, Madame bestohlen zu haben! Die Polizei ist bekanntlich unglaublich dumm! Aber Monsieur, der ein Franzose war..."

"Ein Belgier," korrigierte Poirot, aber Celestine beachtete die Korrektur nicht.

Monsieur würde nicht sehen wollen, dass sie **fälschlicherweise beschuldigt wird**[1], während

---

[1] fälschlicherweise beschuldigt wird -falsely accused

diese Zimmermädchen **ungestraft davonkommt**[1]. Sie hatte sie nie gemocht – ein kühnes, rotgesichtiges Ding – eine geborene Diebin. Sie hatte von Anfang an gesagt, **dass sie nicht ehrlich sei**[2]. Und hatte sie auch **scharf bewacht**[3], als sie Madames Zimmer machte! Sollen diese Idioten von Polizisten sie durchsuchen, und wenn sie Madames Perlen nicht an ihr finden würden, wäre das sehr überraschend!

Obwohl Celestine schnell spricht und sich einer starken französischen Sprache bedient, **verwendet sie viele Gesten, um ihre Botschaft zu vermitteln**[4], die das Zimmermädchen teilweise verstehen kann. Dies machte das Zimmermädchen wütend und sie errötete.

❊❊❊❊

---

[1] ungestraft davonkommt - get away without punishment

[2] dass sie nicht ehrlich sei - that she was not honest

[3] Scharf bewacht -. Watched her closely

[4] verwendet sie viele Gesten, um ihre Botschaft zu vermitteln - uses many gestures to convey her message

Quiz 2

1. Wo befand sich das Zimmer der Opalsens im Hotel
   a) Im Erdgeschoss
   b) Im zweiten Stock
   c) Im ersten Stock
2. Was ist das Aussehen von Frau Opalsen, als Poirot sie im Zimmer trifft?
   a) Sie lacht fröhlich.
   b) Sie weint unkontrolliert.
   c) Sie sieht wütend aus.
3. Wer stand in der Nähe des Kamins?
   a) Das Zimmermädchen
   b) Frau Opalsen
   c) Die Dienstmädchen
4. Was sagt Frau Opalsen, als Poirot das Zimmer betritt?
   a) "Ich glaube, Sie können meine Perlen nicht finden."
   b) "Ich freue mich, Sie zu treffen."
   c) "Ich hoffe, Sie können uns helfen."
5. Warum war der Polizeiinspektor im Zimmer der Opalsens?
   a) Um sie zu verhaften
   b) Um zu helfen, die gestohlenen Perlen zu finden
   c) Um sie zu befragen, ob sie einen Mord begangen haben
6. Wer ist Celestine?
   a) das Zimmermädchen
   b) die Dienstmädchen von Frau Opalsen
   c) die Frau von Herrn Opalsen
7. Wer hatte das Schmuckkästchen verschlossen?

a) Das Zimmermädchen
b) Frau Opalsen
c) Celestine

8. Wo hat Frau Opalsen ihre Perlen aufbewahrt?
   a) in einem Schmuckkästchen in der Schublade
   b) auf dem Schminktisch
   c) im Badezimmer

9. Wann hat Frau Opalsen ihre Perlen zuletzt gesehen?
   a) vor dem Abendessen
   b) nach dem Abendessen
   c) am Morgen

10. Was hat Frau Opalsen nach dem Öffnen des Schmuckkästchens getan?
    a) Sie hat die Perlen getragen.
    b) Sie hat die Smaragde zurück in das Schmuckkästchen gelegt.
    c) Sie hat die Perlen zurück in das Schmuckkästchen gelegt.

. . . sie sass in der Mitte des Raumes und weinte unkontrolliert. Ihr Aussehen war recht ungewöhnlich, denn die Tränen hatten tiefe Spuren in der dicken Puderschicht hinterlassen, die ihr Gesicht bedeckte . . .

III

"Wenn diese fremde Frau **mich beschuldigt**[1], dann lügt sie! Ich habe die Perlen nie gesehen!," sagte sie.

"Durchsucht sie!" rief Celestine. "Du wirst sehen, dass ich Recht habe!"

"Du lügst," sagte das Zimmermädchen und trat vor. "Du hast sie gestohlen und willst mir die Schuld geben. Ich war nur ein paar Minuten im Zimmer, bevor die Dame kam. Du hast die ganze Zeit hier gesessen **wie eine Katze, die eine Maus beobachtet**[2]."

Der Inspektor sah Celestine an. "Stimmt das? Sie haben das Zimmer gar nicht verlassen?"

"Ich habe sie nicht allein gelassen," sagte Celestine, "aber ich bin zweimal durch die Tür hier in mein eigenes Zimmer gegangen - einmal, um eine Rolle Baumwolle zu holen, und einmal, um meine Schere zu holen. Da muss sie es getan haben."

---

[1] mich beschuldigt - accused me

[2] wie eine Katze, die eine Maus beobachtet - like a cat watching a mouse

"Du warst keine Minute weg," sagte das Zimmermädchen verärgert "Nur kurz raus und wieder rein. Ich wäre froh, wenn die Polizei mich durchsuchen würde. Ich habe **nichts zu befürchten**[1]."

In diesem Moment klopft es an der Tür. Der Inspektor geht zur Tür und öffnet. **Sein Gesicht erhellt sich**[2], als er sieht, wer es ist.

"Oh, das ist ein gutes Timing," bemerkte er. "Ich habe nach einer unserer **weiblichen Sucherinnen**[3] gerufen, und sie ist gerade angekommen. Würden Sie bitte im Raum nebenan gehen?"

Das Zimmermädchen ging in den nächsten Raum, gefolgt von der Sucherin.

Celestine saß weinend auf einem Stuhl. Poirot sah sich im Zimmer um.

"Wohin führt diese Tür?," fragte er und deutete auf die Tür neben dem Fenster.

---

[1] nichts zu befürchten - nothing to fear

[2] Sein Gesicht erhellt sich - His face brightened

[3] weiblichen Sucherinnen - female searchers

"In die nächste Wohnung, glaube ich," sagte der Inspektor. "Sie ist jedenfalls **auf dieser Seite verriegelt**.[1]"

Poirot ging zu der Tür und probierte sie aus.

"Und sie ist auch auf der anderen Seite verriegelt," sagte er.

Poirot **näherte sich der Tür und prüfte sie**[2], dann versuchte er es noch einmal von der anderen Seite. "Das schließt diese Möglichkeit aus," bemerkte er. Er ging zu den Fenstern und untersuchte **eines nach dem anderen**[3]. "Nichts, nicht einmal ein Balkon," stellte er fest.

Der Inspektor wurde ungeduldig.

"Ich verstehe nicht, wie uns das weiterhilft, wenn das Zimmermädchen das Zimmer nie verlassen hat."

"Évidemment," sagte Poirot, "Wenn Mademoiselle sicher ist, dass sie das Zimmer nicht verlassen hat..."

---

[1] auf dieser Seite verriegelt - locked on this side

[2] näherte sich der Tür und prüfte sie - approached the door and checked it

[3] eines nach dem anderen - one by one

Das Zimmermädchen und der Sucher kehrten zurück.

"Nichts," sagte der Sucher.

"Sicherlich, da ist nichts" sagte das Zimmermädchen "diese Französin sollte sich schämen, **den Ruf eines ehrlichen Mädchens zu ruinieren.¹**"

"Na, na, mein Mädchen, das ist schon in Ordnung," sagte der Inspektor und öffnete die Tür. "**Niemand verdächtigt Sie².** Gehen Sie und machen Sie weiter mit Ihrer Arbeit.

Das Zimmermädchen ging widerwillig.

Sie deutete auf Celestine. "Willst du sie durchsuchen?"

"Ja, ja!" Er schloss die Tür vor ihr und drehte den Schlüssel um.

"Der **Durchsuchende begleitete Celestine in ihr Zimmer³.** Nach ein paar Minuten kehrte sie allein zurück und es wurde nichts bei ihr gefunden."

---

¹ den Ruf eines ehrlichen Mädchens zu ruinieren - to ruin the reputation of an honest girl

² Niemand verdächtigt Sie - No one suspects you

³ Durchsuchende begleitete Celestine in ihr Zimmer - Celestine accompanied the searcher into her room

Der Inspektor sah ernst aus.

"Es tut mir leid, aber alle Beweise deuten auf Sie hin, Miss (Celestine). Wenn Sie sie nicht bei sich haben, müssen sie irgendwo in diesem Raum sein."

Celestine schrie auf und **klammerte sich an Poirot**[1]. Er flüsterte ihr etwas ins Ohr. Sie blickte zweifelnd zu ihm auf.

"Si, si, mon enfant - ich versichere Ihnen, **es ist besser, sich nicht zu widersetzen.**[2]"

Er wandte sich an den Inspektor. "Darf ich ein kleines Experiment durchführen, Monsieur? - nur zu meiner eigenen Zufriedenheit."

"Kommt darauf an, was es ist," antwortete der Polizist unverbindlich.

Poirot fragte Celestine: "Sie sagten, Sie seien in Ihr Zimmer gegangen, **um eine Rolle Baumwolle zu holen**[3]. Wo war sie?"

"Oben auf der Kommode, Monsieur," sagte Celestine.

---

[1] klammerte sich an Poirot - clung to Poirot

[2] besser, sich nicht zu widersetzen - better not to resist

[3] um eine Rolle Baumwolle zu holen - to get a roll of cotton

"Und die Schere?"

"Auch dort."

"Mademoiselle, würden Sie **diese beiden Handlungen bitte wiederholen**[1]? Sie haben doch hier gearbeitet, oder?"

Celestine setzte sich, und dann gab Poirot **ein Zeichen zum Aufbruch**[2]. Sie stand auf und ging in das Nebenzimmer. Sie holte einen Gegenstand aus der Kommode und kehrte in das Zimmer zurück.

Poirot beobachtete sie und schaute auf seine Uhr.

"Noch einmal, wenn Sie so wollen, Mademoiselle."

Nach der zweiten Wiederholung machte Poirot eine Notiz in seinem Buch und steckte seine Uhr zurück in die Tasche.

"Ich danke Ihnen, Mademoiselle. Und Ihnen, Monsieur" - er verbeugte sich vor dem Inspektor - "für Ihre Höflichkeit."

---

[1] diese beiden Handlungen bitte wiederholen - please repeat these two actions

[2] ein Zeichen zum Aufbruch - a sign to leave

Der Inspektor schien über **diese übertriebene Höflichkeit**[1] etwas amüsiert zu sein. Celestine **verließ unter Tränen den Raum**[2], begleitet von der Frau und dem Polizei in Zivil.

****

---

[1] diese übertriebene Höflichkeit - this excessive politeness

[2] verließ unter Tränen den Raum - left the room in tears

Quiz 3

1. Wen verdächtigt Celestine des Diebstahls?
    a) Das Zimmermädchen
    b) Die Sucherin
    c) Der Inspektor
2. Was fordert Celestine, nachdem das Zimmermädchen sie beschuldigt hat?
    a) Sie fordert eine Durchsuchung.
    b) Sie fordert den Inspektor auf, das Zimmermädchen zu verhaften.
    c) Sie fordert, dass das Zimmermädchen sofort entlassen wird.
3. Wie reagiert Celestine auf die Anschuldigungen?
    a) Sie weint und beteuert ihre Unschuld.
    b) Sie gibt den Diebstahl zu.
    c) Sie rennt weg.
4. Was passiert, als Celestine durchsucht wird?
    a) Die gestohlenen Perlen werden gefunden.
    b) Nichts wird gefunden.
    c) Celestine gibt zu, dass sie die Perlen gestohlen hat.
5. Was entdeckt Poirot an der Tür neben dem Fenster?
    a) Ein offenes Fenster.
    b) Einen Balkon.
    c) Dass die Tür auf beiden Seiten verriegelt ist.
6. Was schließt Poirot aus, als er die Tür und die Fenster untersucht?
    a) Die Möglichkeit, dass das Zimmermädchen das Zimmer verlassen hat.
    b) Die Möglichkeit, dass der Dieb durch die Tür oder das Fenster entkommen ist.

c) Die Möglichkeit, dass das Zimmer nicht gründlich genug durchsucht wurde.

7. Was flüstert Poirot Celestine zu, als sie aufschreit und sich an ihn klammert?

   a) Sie soll gestehen, dass sie die Perlen gestohlen hat.

   b) Sie soll ruhig bleiben und sich nicht widersetzen.

   c) Sie soll ihre Unschuld beteuern.

8. Wo geht Celestine zweimal hin, bevor der Diebstahl entdeckt wurde?

   a) In das Zimmer des Inspektors.

   b) In ihr eigenes Zimmer.

   c) In das Zimmer des Zimmermädchens.

9. Warum verlässt Celestine das Zimmer zweimal?

   a) Um eine Rolle Baumwolle und eine Schere zu holen.

   b) Um sich mit jemandem zu treffen.

   c) Um einen Blick auf die Perlen zu werfen.

10. Was schlägt Poirot vor?

    a) Er bittet den Inspektor, das Zimmermädchen zu durchsuchen.

    b) Er bittet Celestine, ihre Handlungen zu wiederholen.

    c) Er schlägt vor, das Zimmer erneut gründlich zu durchsuchen.

"Durchsucht sie!" rief Celestine. "Du wirst sehen, dass ich Recht habe!"

"Du lügst," sagte das Zimmermädchen und trat vor. "Du hast sie gestohlen und willst mir die Schuld geben. . . "

IV

Dann begann der Inspektor das Zimmer zu durchsuchen, **zog Schubladen heraus**[1] und öffnete Schränke. Herr Opalsen schaute skeptisch.

"Glauben Sie wirklich, dass Sie sie finden werden?," fragte er.

"Ja, Sir. Sie hatte keine Zeit mehr, sie aus dem Zimmer zu nehmen. **Ihr Plan wurde durchkreuzt**[2], als Frau Opalsen den Raub entdeckte. Nein, sie sind genau hier. Einer der beiden muss sie versteckt haben - und es ist sehr unwahrscheinlich, dass das Zimmermädchen das getan hat," antwortete der Inspektor.

"Mehr als unwahrscheinlich-unmöglich!" sagte Poirot leise.

"Hm?" der Inspektor war überrascht.

Poirot lächelte ein bisschen. "Ich werde es Ihnen zeigen. Hastings, mein guter Freund, nehmen Sie meine Uhr in Ihre Hand. Seien Sie vorsichtig, sie ist **ein Familienerbstück**[3]. Ich habe

---

[1] zog Schubladen heraus - pulled out drawers

[2] Ihr Plan wurde durchkreuzt - her plan was thwarted

[3] ein Familienerbstück - a family heirloom

gerade die **Dauer der Abwesenheit von Mademoiselle aus dem Zimmer gemessen**[1]. Das erste Mal dauerte es zwölf Sekunden, das zweite Mal fünfzehn Sekunden. Beobachten Sie nun meine Handlungen. Madame wird mir **freundlicherweise**[2] den Schlüssel für das Schmuckkästchen geben. Ich danke Ihnen. Mein Freund Hastings wird freundlicherweise 'Los!' sagen."

Ich nahm seine Uhr und wartete.

"Los!'!" sagte ich.

Poirot öffnete die Schublade des Schminktisches, nahm das Schmuckkästchen heraus, öffnete es mit dem Schlüssel, nahm ein Schmuckstück heraus, **schloss und verriegelte das Schmuckkästchen**[3] und legte es zurück in die Schublade. **Seine Bewegungen waren blitzschnell**.

"Nun, mein Freund?" fragte Poirot mich.

"Sechsundvierzig Sekunden," antwortete ich.

---

[1] Dauer der Abwesenheit von Mademoiselle aus dem Zimmer - duration of Mademoiselle's absence from the room

[2] freundlicherweise geben - kindly give

[3] schloss und verriegelte das Schmuckkästchen - locked and secured the jewelry box

"Sehen Sie? Das Zimmermädchen hatte nicht genug Zeit, um **die Halskette herauszunehmen**[1] oder zu verstecken."

"Das heißt, wir können schließen, dass es das Dienstmädchen war," sagte der Inspektor und ging nach nebenan, um das Zimmer des Dienstmädchen zu durchsuchen.

Poirot sah nachdenklich aus. Plötzlich fragte er Herr Opalsen: "War die Halskette versichert?"

Die Frage schien Herrn Opalsen zu überraschen, und **er antwortete zögernd**. "Ja, das ist richtig".

"Aber was macht das schon?," **brach Frau Opalsen unter Tränen hervor**[2]. "Aber warum ist das wichtig? Ich will meine Halskette zurück. **Sie war einmalig**[3]. Kein Geld der Welt kann es ersetzen."

"Ich verstehe, Madame," sagte Poirot in einem beruhigenden Ton. "Ich verstehe Sie vollkommen. Für eine Frau ist das Gefühl alles, nicht wahr? Aber vielleicht kann **Monsieur, der nicht so**

[1] die Halskette herauszunehmen - to take out the necklace

[2] brach Frau Opalsen unter Tränen hervor - Mrs. Opalsen broke down in tears

[3] Sie war einmalig - It was unique

feinfühlig ist, sich etwas trösten[1], wenn er weiß, dass die Halskette versichert war."

"Natürlich, natürlich," sagte Herr Opalsen etwas unsicher. "Trotzdem..."

Da rief der Inspektor triumphierend. Er hatte etwas gefunden und kam damit zurück.

Frau Opalsen **erhob sich sofort mit einem Schrei**[2] von ihrem Stuhl, wurde zu einer völlig anderen Person und rief: "Oh, oh, meine Halskette!"

"Wo war sie?," fragte Herr Opalsen.

Der Inspektor sagte: "Im Bett des Dienstmädchen. Unter der Matratze. Sie muss es gestohlen und dort versteckt haben, bevor das Zimmermädchen kam."

"Darf ich es sehen, Madame?," fragte Poirot sanft. Poirot untersuchte das Halskette und gab es Frau Opalsen zurück.

---

[1] Monsieur, der nicht so feinfühlig ist, sich etwas trösten - Monsieur, who is not so sensitive to be comforted

[2] erhob sich sofort mit einem Schrei - jumped up immediately with a scream

"Es tut mir leid, aber Sie müssen es uns **vorerst überlassen**[1], Madame. Wir brauchen es als **Beweismittel für den Fall**[2]. Wir werden es Ihnen aber so bald wie möglich zurückgeben.

Herr Opalsen sah unglücklich aus.

"Müssen wir das tun?"

"Ich fürchte ja, Sir. Es ist nur eine Formalität."

"Ed, lass es ihn einfach nehmen," sagte seine Frau. "Ich würde mich sicherer fühlen, wenn er es tun würde. Ich könnte nicht mehr schlafen, wenn ich daran denke, dass jemand anderes versuchen könnte, es zu bekommen. Dieses unglückliche Mädchen! Ich hätte nie geglaubt, dass sie so etwas tun könnte."

"Na, na, meine Liebe, mach dir nicht so viele Sorgen," tröstete Herr Opalsen seine Frau.

Poirot berührte sanft meinen Arm[3]. "Sollen wir jetzt gehen, mein Freund? Ich glaube, wir werden nicht mehr gebraucht."

---

[1] vorerst überlassen - left for now

[2] Beweismittel für den Fall - evidence for the case

[3] Poirot berührte sanft meinen Arm - Poirot gently touched my arm

Als wir draußen waren, zögerte Poirot, und sagte dann überraschend,

"Ich würde gerne das nächste Zimmer sehen."

Wir gingen in das große Doppelzimmer und sahen, dass niemand darin wohnte. Die Tür war nicht verschlossen. Der Staub im Zimmer war spürbar, und mein sensibler Freund zog eine Grimasse, als er mit dem Finger über **einen rechteckigen Fleck auf einem Tisch**[1] in der Nähe des Fensters **fuhr.**

"Der Service ist nicht gut," bemerkte er trocken. Er starrte nachdenklich aus dem Fenster und **schien in Gedanken versunken zu sein**[2].

"Und?" fragte ich ungeduldig. "Warum sind wir hierher gekommen?"

Er begann.

"Je vous demande pardon, mon ami, ich wollte sehen, ob die Tür auch auf dieser Seite verriegelt ist."

"Nun," sagte ich und blickte auf die Tür "sie ist verriegelt."

---

[1] einen rechteckigen Fleck auf einem Tisch - a rectangular spot on a table

[2] schien in Gedanken versunken zu sein - seemed lost in thought

Poirot nickte und dachte weiter nach.

"Und außerdem, was macht das jetzt noch für einen Unterschied?. Der Fall ist abgeschlossen. Ich wünschte, du hättest **mehr Gelegenheiten**[1] gehabt, um zu zeigen, was du kannst. Aber dieser Fall war einfach, auch **für jemanden, der nicht so flexibel ist**[2] wie der Inspektor.

Poirot schüttelte den Kopf.

"Der Fall ist noch nicht zu Ende, mein Freund. Wir müssen erst herausfinden, wer die Perlen gestohlen hat, bevor wir ihn abschließen können."

"Aber das Dienstmädchen war es!"

"Warum sagen Sie das?"

"Warum," stotterte ich, "sie wurden tatsächlich in ihrer Matratze gefunden."

"Ta, ta, ta!," sagte Poirot ungeduldig. "Das waren nicht die Perlen."

"Was?"

"**Nachahmung**[3], mon ami."

---

[1] mehr Gelegenheiten - more opportunities

[2] für jemanden, der nicht so flexibel ist - for someone who is not so flexible

[3] Nachahmung - imitation

✽✽✽✽✽

Quiz 4

1. Wer durchsucht das Zimmer?
   a) Herr Opalsen
   b) Poirot
   c) Der Inspektor
2. Wie lange hat Poirot gebraucht, um die Schmuckschatulle zu öffnen?
   a) Sechsundvierzig Sekunden
   b) Fünfzehn Sekunden
   c) Zwölf Sekunden
3. Warum glaubt der Inspektor, dass die Halskette in Frau Opalsens Zimmer sein muss?
   a) Er glaubt, dass der Dieb keine Zeit hatte, sie zu entfernen, weil Frau Opalsen in das Zimmer kam.
   b) Das Zimmer von Frau Opalsen ist ein perfekter Ort, um es zu verstecken.
   c) Er glaubt, dass Frau Opalsen ihre Halskette in ihrem Zimmer versteckt hat.
4. Wer hatte nicht genug Zeit, um die gestohlene Halskette zu verstecken?
   a) Das Zimmermädchen
   b) Celestine
   c) Der Inspektor
5. Wo wurde die gestohlene Halskette gefunden?
   a) Im Schrank des Zimmermädchens
   b) Unter der Matratze im Bett des Dienstmädchen
   c) Im Schmuckkästchen von Frau Opalsen
6. Wer war am glücklichsten, als die gestohlene Halskette gefunden wurde?
   a) Herr Opalsen
   b) Frau Opalsen
   c) Der Inspektor

7. Was ist die Reaktion von Frau Opalsen, als die Halskette gefunden wird?
   a) Sie schreit und wird zu einer völlig anderen Person
   b) Sie ist erleichtert und bedankt sich bei Poirot
   c) Sie lacht laut und sagt, dass es ein Scherz war

8. War die gestohlene Halskette versichert?
   a) Ja
   b) Nein
   c) Es wird nicht erwähnt

9. Was tut Poirot, nachdem er die gestohlene Halskette untersucht hat?
   a) Er gibt sie zurück an Frau Opalsen
   b) Er nimmt sie als Beweismittel mit
   c) Er behält sie für sich selbst

10. Warum musste die gestohlene Halskette als Beweismittel behalten werden?
   a) Um sie zu behalten
   b) Als Formalität
   c) Es wird nicht erwähnt

. . . Der Fall ist noch nicht zu Ende, mein Freund. Wir müssen erst herausfinden, wer die Perlen gestohlen hat, bevor wir ihn abschließen können. . . .

V

Seine Aussage überraschte mich. Poirot lächelte ruhig.

"Der Inspektor hat keine Ahnung von Juwelen. Aber bald wird es ein Chaos geben!"

"Kommen Sie!" sagte ich und **zerrte ihn am Arm**[1].

"Wohin?"

"Wir müssen es den Opalsens sofort sagen."

"Das glaube ich nicht."

"Aber diese arme Frau..."

"Nun, die arme Frau, wird heute Nacht besser schlafen, weil sie ihre Juwelen in Sicherheit weiß," sagte Poirot.

"Aber der Dieb könnte **mit ihnen entkommen**[2]?"

"Wie immer, mein Freund, sprechen Sie, ohne nachzudenken. Sind Sie sicher, dass die Perlen, die Frau Opalsen heute Nacht eingeschlossen hat,

---

[1] zerrte ihn am Arm - dragged him by the arm

[2] mit ihnen entkommen - escape with it

echt sind? **Hat der Raub früher stattgefunden, als wir denken[1]?**

"Oh," sagte ich verwirrt.

"Genau," sagte Poirot und lächelte. "Wir fangen wieder an."

Poirot verließ das Zimmer und ging den Korridor entlang. Er blieb vor einer kleinen Höhle stehen, in der die Zimmermädchen und Kammerdiener versammelt waren, und unser Zimmermädchen war gerade dabei, **ihre Erfahrungen auszutauschen[2]**. Als sie Poirot sah, hörte sie auf zu sprechen und er verbeugte sich höflich.

"Entschuldigen Sie, dass ich Sie störe, aber könnten Sie bitte Herr Opalsens Zimmer für mich öffnen?," sagte Poirot zu der Frau.

Die Frau stand auf und wir folgten ihr in den Flur. Gegenüber dem Zimmer von Frau Opalsen **befand sich das Zimmer ihres Mannes[3]**. Das

---

[1] Hat der Raub früher stattgefunden, als wir denken - Did the robbery happen earlier than we think?

[2] ihre Erfahrungen auszutauschen - to exchange their experiences

[3] befand sich das Zimmer ihres Mannes - her husband's room was located

Zimmermädchen schloss die Tür mit ihrem Generalschlüssel auf, und wir gingen hinein.

Bevor sie ging, hielt Poirot sie auf und zeigte ihr eine weiße Karte. "Haben Sie diese Karte jemals bei den Sachen von Herr Opalsen gesehen?," fragte er.

Er gab dem Zimmermädchen eine einfache weiße Karte, **die glänzte und ungewöhnlich aussah**[1]. Das Zimmermädchen nahm die Karte und betrachtete sie genau.

"Nein, Sir, das habe ich nicht. Aber der Kammerdiener kümmert sich um die Zimmer der Herren."

Poirot dankte ihr und nahm die Karte zurück. Poirot schien einen Moment lang nachzudenken. Dann nickte er schnell und kurz mit dem Kopf.

"Läuten Sie bitte die Glocke, Hastings. Dreimal, für den Kammerdiener."

Ich folgte **den Anweisungen Poirots**[2] und war äußerst neugierig. In der Zwischenzeit hatte Poirot den Papierkorb auf dem Boden geleert und

---

[1] die glänzte und ungewöhnlich aussah - which was shiny and looked unusual

[2] den Anweisungen Poirots - following Poirot's instructions

durchsuchte den Inhalt eilig[1]. In wenigen Augenblicken antwortete der Diener auf die Klingel. Poirot stellte ihm die gleiche Frage und reichte ihm die Karte zur Prüfung. Aber die Antwort war die gleiche. Der Kammerdiener hatte noch nie eine solche Karte in den Sachen von Herrn Opalsen gesehen. Poirot dankte ihm. Der Diener verließ den Raum widerwillig und warf einen neugierigen Blick auf den **umgestürzten Papierkorb**[2] und das Durcheinander auf dem Boden. Er hätte Poirots Kommentar hören können, als **er die zerrissenen Papiere aufhob**[3].

"Und die Halskette war versichert..."

"Poirot," rief ich, "ich sehe..."

"Sie sehen nichts, mein Freund," antwortete er schnell. "Wie immer, überhaupt nichts! Es ist unglaublich - aber so ist es. Lasst uns in unsere eigenen Wohnungen zurückkehren."

Zurück in ihrem eigenen Zimmer, **zog sich Poirot schnell um**[4].

---

[1] durchsuchte den Inhalt eilig - hastily searched the contents

[2] umgestürzten Papierkorb - overturned trash can

[3] er die zerrissenen Papiere aufhob - he picked up the torn papers

[4] zog sich Poirot schnell um - Poirot quickly changed his clothes

"Ich gehe heute Abend nach London," erklärte er. "Es ist wichtig," verkündete Poirot.

"Was?"

"Unbedingt. **Die eigentliche Denkarbeit ist getan**[1]. Jetzt muss ich nur noch Beweise finden, **die meinen Verdacht bestätigen**[2]. Ich werde sie finden! Es ist unmöglich, Hercule Poirot zu täuschen!"

"Eines Tages wirst du einen Fehler machen," sagte ich und ärgerte mich über seine Arroganz.

"Bitte **seien Sie nicht verärgert**[3], mein Freund. Ich **bitte Sie um einen Gefallen**[4] - als Freund," antwortete er.

"Natürlich," sagte ich eifrig und **schämte mich ein wenig für meine Verdrossenheit**[5]. "Was ist es?"

"Könnten Sie bitte den Ärmel meines Mantels abbürsten? Da ist ein bisschen weißer Puder

---

[1] Die eigentliche Denkarbeit ist getan - the actual thinking work is done

[2] die meinen Verdacht bestätigen - that confirm my suspicion

[3] seien Sie nicht verärgert - don't be upset

[4] Ich bitte Sie um einen Gefallen - I am asking you for a favor.

[5] schämte mich ein wenig für meine Verdrossenheit - I was a little ashamed of my annoyance

drauf. Du hast wahrscheinlich gesehen, wie ich mit dem Finger in der Schublade des Schminktisches herumgefahren bin, oder?"

"Das habe ich nicht gesehen," antwortete ich.

"Du solltest beobachten, was ich mache, mein Freund. So habe ich den Pulver an meinen Finger bekommen. Dann war ich etwas zu aufgeregt und habe es an meinem Ärmel gerieben. Das war **eine unmethodische Handlung, die gegen meine Prinzipien verstößt**[1]," erklärte er.

Ich fragte: "Also, was war das für ein Pulver?" Ich interessierte mich nicht besonders für Poirots Prinzipien.

"Es war nicht das Gift der Borgias," antwortete Poirot **mit einem schelmischen Funkeln in den Augen**[2]. "Ich sehe, dass Ihre Fantasie verrückt spielt. Es war nur französische Kreide."

"Französische Kreide?" wiederholte ich ungläubig.

---

[1] eine unmethodische Handlung, die gegen meine Prinzipien verstößt - an unmethodical act that violates my principles

[2] mit einem schelmischen Funkeln in den Augen - with a mischievous twinkle in his eyes

"Ja, Möbelschreiner verwenden es, damit **Schubladen reibungslos laufen**[1]" erklärte er.

Ich gluckste. "Du **alter Gauner**[2]! Ich dachte, du würdest dich auf etwas Aufregendes vorbereiten."

"Nun, auf Wiedersehen, mein Freund. Ich muss mich jetzt retten. Ich bin weg," sagte er, als er die Tür hinter sich schloss. Ich lächelte verspielt und liebevoll, nahm seinen Mantel und griff nach der Bürste, um ihn zu reinigen.

*****

---

[1] Schubladen reibungslos laufen - drawers running smoothly

[2] alter Gauner - old crook

Quiz 5

1. Was sagt Poirot über den Inspektor und die Juwelen?

    a) Der Inspektor weiß alles über Juwelen.

    b) Der Inspektor hat keine Ahnung von Juwelen.

    c) Der Inspektor hat nicht genug Informationen über Juwelen.

2. Was ist Poirots Gedanke über die echtheit der Juwelen?

    a) Sie sind echt.

    b) Sie sind gefälscht.

    c) Er ist sich nicht sicher.

3. Was zeigt Poirot dem Zimmermädchen?

    a) Ein Bild.

    b) Eine weiße Karte.

    c) Ein Schmuckstück.

4. Wer kümmert sich normalerweise um die Zimmer der Herren im Hotel?

    a) Das Zimmermädchen.

    b) Der Kammerdiener.

    c) Der Manager.

5. Wie oft soll Hastings die Glocke läuten?

    a) Einmal.

    b) Zweimal.

    c) Dreimal.

6. Was sagt der Kammerdiener über die weiße Karte?

    a) Er hat sie bei Herr Opalsen gesehen.

    b) Er hat sie noch nie gesehen.

    c) Er weiß nicht, wo sie herkommt.

7. Was findet Poirot im Papierkorb auf dem Boden?

    a) Zerrissene Papiere.

    b) Eine Halskette.

    c)   Eine Schachtel.
8.   Was plant Poirot als nächstes?
    a)   Er geht in den Ruhestand.
    b)   Er geht heute Abend nach London.
    c)   Er geht auf Reisen.
9.   Was sagt Hastings über Poirots Arroganz?
    a)   Eines Tages wird Poirot einen Fehler machen.
    b)   Poirot ist der beste Detektiv der Welt.
    c)   Poirot ist ein unfehlbarer Mann.
10. Was bittet Poirot Hastings, bevor er geht?
    a)   Er bittet ihn, nach Beweisen zu suchen.
    b)   Er bittet ihn, seinen Mantel zu tragen.
    c)   Er bittet ihn, den Ärmel seines Mantels abzubürsten.

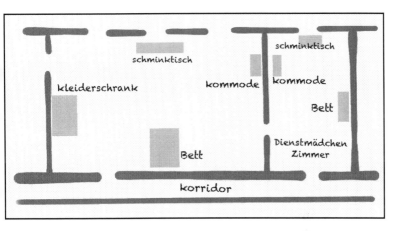

. . . "Wohin führt diese Tür?," fragte er und deutete auf die Tür neben dem Fenster. . . .

VI

Am nächsten Tag hörte ich nichts von Poirot, deshalb entschied ich mich zu einem Spaziergang aufzubrechen. Unterwegs traf ich ein paar alte Freunde und aß mit ihnen in ihrem Hotel zu Mittag. Wir sind später auf einen Ausflug gegangen, aber wir mussten anhalten, weil **ein Reifen kaputt war**[1]. Als ich zum Grand Metropolitan zurückkehrte, war es bereits nach acht Uhr. Ich war überrascht, Poirot im Café des Hotels zu sehen. Er war zwischen den Opalsen eingeklemmt. Er sah sogar kleiner als sonst aus, aber lächelte zufrieden.

Poirot rief: "Mein lieber Hastings!" und **stürzte auf mich zu**[2]. Dann sagte er: "Umarme mich, mein Freund! Alles ist großartig gelaufen!"

Zum Glück war die Umarmung nur symbolisch, **was bei Poirot nicht immer sicher ist**[3].

"Sie meinen ...?" begann ich zu fragen.

---

[1] ein Reifen kaputt war - a tire was flat

[2] stürzte auf mich zu - rushed towards me

[3] was bei Poirot nicht immer sicher ist - which is not always certain with Poirot

"Einfach wunderbar, das nenne ich!," sagte Frau Opalsen und lächelte über das ganze Gesicht. "Habe ich dir nicht gesagt, Ed, dass niemand meine Perlen zurückholen kann, wenn er es nicht schafft?"

"Das hast du, meine Liebe, das hast du. Und du hattest recht."

Ich sah Poirot an und fühlte mich völlig verloren. Er bemerkte meine Verwirrung und hat angefangen zu sprechen.

"Mein Freund Hastings ist, wie man in England sagt, **ganz am Meer**[1]. Setzen Sie sich bitte hin und ich werde Ihnen alles über den Fall erzählen, **der so gut ausgegangen ist.**[2]"

"Ausgegangen?" fragte ich erstaunt.

"Ja, sie sind verhaftet worden."

"Wer wurde verhaftet?"

"Das Zimmermädchen und der Kammerdiener, parbleu! Sie **haben sie nicht verdächtigt**[3]? Auch

---

[1] ganz am Meer - right by the sea

[2] der so gut ausgegangen ist - which ended so well

[3] haben sie nicht verdächtigt - they did not suspect her

nicht **nach meinem Hinweis**[1] auf die französische Kreide?"

"Sie sagten, dass die Möbelschreiner sie benutzen."

"Stimmt, das tun sie, damit Schubladen leichter gleiten. Jemand wollte, dass sich diese **Schublade geräuschlos öffnet und schließt**[2]. Wer könnte das sein? Offensichtlich nur das Zimmermädchen. Der Plan war **so raffiniert**[3], dass selbst Hercule Poirot **ihn zunächst nicht durchschaute**[4].

"Hören Sie, wie es gemacht wurde. Der Kammerdiener wartete in dem leeren Zimmer nebenan. Als das französische Dienstmädchen das Zimmer verließ, öffnete das Zimmermädchen schnell die Schublade, nahm das Schmuckkästchen und **schob es durch die Tür**[5]. Der Kammerdiener öffnete die Juwelenkästchen später mit einem Nachschlüssel, nahm das Halskette heraus und wartete auf den richtigen Moment. Als Celestine das Zimmer wieder verließ, schob er das

---

[1] nach meinem Hinweis - after my hint

[2] Schublade geräuschlos öffnet und schließt - drawer opens and closes silently

[3] so raffiniert - so cleverly

[4] ihn zunächst nicht durchschaute - didn't initially see through it

[5] schob es durch die Tür - pushed it through the door

Juwelenkästchen durch die Tür zurück, und das Zimmermädchen legte es wieder in die Schublade.

"Dann kam Madame, und der **Diebstahl wurde entdeckt**[1]. Das Zimmermädchen besteht darauf, durchsucht zu werden, und verlässt das Haus, **ohne dass sie beschuldigt wird**[2]. Die gefälschte Halskette, die sie vorbereitet hatten, wurde an diesem Morgen von dem Zimmermädchen im Bett der Französin versteckt - **ein brillanter Schachzug**[3], muss ich sagen!"

"Aber warum sind Sie nach London gefahren?" fragte ich.

"Erinnerst du dich an die Karte?"

"Natürlich, Es verwirrte mich - und verwirrt mich immer noch. Ich dachte…"

Ich zögerte kurz und warf einen Blick auf Herr Opalsen.

Poirot lachte herzhaft.

"Das war nur ein Trick. Die Karte hatte **eine spezielle Oberfläche**, **um Fingerabdrücke zu**

---

[1] Diebstahl wurde entdeckt - theft was discovered

[2] ohne dass sie beschuldigt wird - without being accused

[3] in brillanter Schachzug - in a brilliant move

sammeln[1]. Ich bin sofort zu Scotland Yard gefahren und habe Inspektor Japp, unserem alten Freund, **die Fakten vorgelegt**[2]. Wie ich vermutet hatte, gehörten die Fingerabdrücke zu **zwei berüchtigten Juwelendieben**[3], die schon seit einiger Zeit gesucht wurden. Japp kam mit mir, die Diebe wurden verhaftet, und das Halskette wurde im Besitz des Kammerdieners gefunden. Sie waren schlau, aber **sie scheiterten mit ihrer Methode**[4]. Habe ich Ihnen nicht schon mindestens sechsunddreißigmal gesagt, Hastings, daß ohne Methode..."

"Mindestens sechsunddreißigtausend Mal!" Ich unterbrach ihn.   "Aber wo ist ihre 'Methode' gescheitert?"

"Lieber Freund, es ist **eine kluge Idee**[5], als Zimmermädchen oder Kammerdiener zu arbeiten, aber man muss seine **Aufgaben sorgfältig erledigen**[6]. "Dieses Mal haben sie vergessen, ein

---

[1] eine spezielle Oberfläche, um Fingerabdrücke zu sammeln - a special surface to collect fingerprints

[2] die Fakten vorgelegt - presented the facts

[3] zwei berüchtigten Juwelendieben - two notorious jewel thieves

[4] sie scheiterten mit ihrer Methode - they failed with their method

[5] eine kluge Idee - a clever idea

[6] Aufgaben sorgfältig erledigen - complete tasks carefully

unbenutztes Zimmer abzustauben. Als der Mann das Schmuckkästchen auf den kleinen, staubigen Tisch **neben der Verbindungstür legte**[1], hinterließ es einen **quadratischen Fleck**[2]."

"Daran erinnere ich mich," rief ich.

"Zuerst war ich mir nicht sicher. Dann wusste ich es!" **Es herrschte eine kurze Stille**[3].

"Und ich habe meine Perlen," sagte Frau Opalsen, **als wäre sie ein griechischer Chor**[4].

"Nun," sagte ich, "ich gehe jetzt besser etwas essen." Poirot begleitete mich.

Ich sagte: "Sie sollten **dafür Anerkennung bekommen**[5]."

"Keineswegs," antwortete Poirot ruhig. "Japp und der **örtliche Inspektor**[6] werden sich die Anerkennung teilen. Aber ..." Er tippte auf seine Tasche. "Ich habe **einen Scheck**[7] von Herr

---

[1] neben der Verbindungstür - next to the connecting door

[2] quadratischen Fleck - square stain

[3] Es herrschte eine kurze Stille - There was a brief silence

[4] als wäre sie ein griechischer Chor - as if she were a Greek chorus

[5] dafür Anerkennung bekommen - to receive recognition for it

[6] örtliche Inspektor - local inspector

[7] einen Scheck - a check

Opalsen. Was meinen Sie, mein Freund? Dieses Wochenende ist **nicht so gelaufen wie geplant**[1]. Sollen wir nächstes Wochenende wiederkommen - diesmal auf meine Kosten?"

*****

---

[1] nicht so gelaufen wie geplant - didn't go as planned

Quiz 6

1. Wo sah Hastings Poirot bei seiner Rückkehr zum Grand Metropolitan?
   a) In der Lobby.
   b) In der Küche.
   c) Zwischen den Opalsens.
2. Wer wurde für den Diebstahl der Perlen verhaftet?
   a) Das Zimmermädchen und der Kammerdiener.
   b) Die Möbelschreiner.
   c) Hercule Poirot.
3. Wer half Poirot bei der Festnahme der Diebe?
   a) Inspektor Japp von Scotland Yard.
   b) Das Zimmermädchen.
   c) Herr Opalsen.
4. Wie haben das Zimmermädchen und der Kammerdiener den Diebstahl durchgeführt?
   a) Sie haben das Schmuckkästchen gestohlen, als niemand im Raum war.
   b) Sie haben das Schmuckkästchen durch die Tür geschoben, als das französische Dienstmädchen das Zimmer verließ.
   c) Sie haben die Halskette aus dem Schmuckkästchen gestohlen, als das Zimmermädchen das Zimmer verlassen hatte.
5. Wer hatte den Nachschlüssel für das Juwelenkästchen?
   a) Das Zimmermädchen.
   b) Der Kammerdiener.
   c) Frau Opalsen
6. Wo wurde die gefälschte Halskette versteckt?
   a) In der Schublade des Juwelenkästchens.
   b) Im Bett der Französin.
   c) Im Zimmermädchen-Kleiderschrank.

7. Was war der Zweck der speziellen Oberfläche auf der Karte?
    a) Um Fingerabdrücke zu sammeln.
    b) Es war eine Versicherung.
    c) Es war für die Bank.
8. Wessen Fingerabdrücke befanden sich auf der Karte?
    a) Die Fingerabdrücke des Zimmermädchens und des Kammerdieners.
    b) Die Fingerabdrücke von Poirot und Japp.
    c) Die Fingerabdrücke von zwei berüchtigten Juwelendieben.
9. Wo wurde die gestohlene Halskette gefunden?
    a) Im Zimmer der Opalsens.
    b) Im Zimmer des Zimmermädchens.
    c) Im Zimmer des Kammerdieners.
10. Was war Poirots Schlussfolgerung?
    a) Ohne Methode kann man keinen Fall lösen.
    b) Man muss immer einen Scherz machen, um einen Fall zu lösen.
    c) Nur die Polizei kann einen Fall lösen.

Anhang: Englisch

...Er tippte auf seine Tasche. "Ich habe einen Scheck von Herr Opalsen. Was meinen Sie, mein Freund? Dieses Wochenende ist nicht so gelaufen wie geplant. Sollen wir nächstes Wochenende wiederkommen - diesmal auf meine Kosten?"

I

"Poirot," I said, "you need fresh air."

"Do you think so, mon ami?"

"I am sure of it."

"Eh-eh?" said my friend, smiling, "So it is all arranged?"

"Will you come?"

"What do you propose?"

"Brighton. A friend of mine has recommended a very good opportunity, and I have some money to spare. I think a weekend at the Grand Metropolitan would be very good for us."

"I thank you for your kind invitation, my dear friend. I accept it with much gratitude. It warms my heart that you still remember an old man like me. Having a good heart is as valuable as having a sharp mind. I tell you this because I sometimes forget it myself."

I didn't quite like the way he said it. I always found it fascinating that Poirot sometimes tended to underestimate my intelligence. But I let it pass because he seemed so pleased.

"Splendid, that's settled then," I said hastily.

On Saturday night, we dined at the Grand Metropolitan, surrounded by a lively crowd. Everyone and their spouses seemed to be in Brighton. The clothes were amazing and the jewellery was a thing of splendour, although some people wore them only to show off and not because they looked good.

Poirot commented, "Ah, what a spectacle!" in a low voice. "This is the residence of the profiteer, is it not, Hastings?

"So they say," I replied. "But let us hope that they are not all guilty of profiteering."

Poirot looked around calmly.

"With all these jewels, I wish I were a thief instead of a detective. What a great opportunity for a talented thief! You see, Hastings, the stout woman by the column. She is, as you would say, plastered with gems."

I followed his gaze.

"Hey, that's Mrs. Opalsen."

"Do you know her?"

"A little. Her husband is a rich stockbroker who made a fortune from the recent oil boom."

After dinner, we met the Opalsens in the lounge, and I introduced Poirot to them. We chatted for a few minutes and eventually had coffee together.

Poirot praised some of the expensive gems on the lady's chest, to which she immediately brightened up.

"This is a perfect hobby of mine. I love jewels, Mr. Poirot. Ed knows that, and every time he makes a good living, he buys me something new. Do you like precious stones?"

"I have worked with gems many times, madame. In my profession, I have seen some of the most famous jewels in the world." Then he told a story about jewels from a royal family, but changed the names to keep it a secret. Mrs. Opalsen listened to him with great interest.

"There, you see!" she said when he had finished. "It's like a meant to be! You know, I have some pearls with a history. It's supposed to be one of the most beautiful in the world - the pearls are so beautifully matched and so perfect in color. I really must go and get it!"

"Oh, please don't trouble yourself, Madame," Poirot protested.

"But I want to show it to you!"

The plump lady hurried over to the elevator. Her husband, who had been talking to me, looked curiously at Poirot.

"Madame would like to show me her pearl necklace" the detective explained.

Mr. Opalsen smiled with satisfaction and exclaimed.

"Oh, the pearls! They are certainly worth seeing, but they were quite expensive. But I could easily sell them for what I paid, or even more. If things keep going this way, I may have to sell them, because money is tight in town because of that darn E.P.D." He kept talking about technical things that I couldn't understand.

Suddenly a little page-boy interrupted him and whispered something in his ear.

"What?, I'll be right over. Is she sick? Excuse me, gentlemen."

He left abruptly. Poirot leaned back and lit a small Russian cigarette. Then he carefully arranged the empty coffee cups in a row and looked pleased with the result.

Minutes passed, but the Opalsens did not return.

"Strange," I said after a while. "I wonder when they will return."

Poirot watched the smoke from his cigarette rise and said thoughtfully,

"They won't come back."

"Why not?" asked I.

"Because, my friend, something has happened."

"What has happened? How do you know?" I asked curiously.

Poirot smiled.

"A few moments ago, the manager came hurriedly out of his office and ran up the stairs. He seemed very excited. The elevator boy became engrossed in conversation with one of the page-boys. The elevator bell rang three times, but he ignored it. Third, even the waiters are distracted; and to distract a waiter..." Poirot shook his head with a determined look. "The matter must be very important. Ah, just as I thought! Here come the police."

Two men had just entered the hotel - one in uniform, the other in plain clothes. They spoke to a page-boy and were immediately led upstairs. A few minutes later, the same boy came down to us.

"Mr. Opalsen sends his regards and asks you to come upstairs," he said.

Poirot stood up quickly, as if he were expecting to be called. I followed him without hesitation.

* * * *

Quiz 1

1. In Hastings' opinion, what did Poirot need?
    a) fresh air
    b) fresh food
    c) fresh water

2. What does Poirot think about the people in Brighton?

    a) He thinks that all the people in Brighton are rich.

    b) He thinks that some people in Brighton are driven by greed for profit.

    c) He thinks that the people in Brighton are too friendly.

3. What does Poirot think about the jewels he sees in the hotel?

    a) He thinks that it would be a good opportunity for a talented thief.

    b) He thinks that all the jewels in the hotel are fake.

    c) He thinks that the jewels in the hotel are just for show.

4. Who is Mrs. Opalsen?
    a) a famous actress
    b) the wife of a stockbroker
    c) the owner of the Grand Metropolitan Hotel

5. What is Mrs. Opalsen's hobby?
    a) She collects paintings.
    b) She collects jewels.
    c) She collects watches.

6. What did Mrs. Opalsen say about her pearl necklace?
    a) She made it herself.
    b) It is one of the most beautiful in the world.
    c) It is insignificant.

7. What Poirot tells to Mrs. Opalsen about his experience with jewels?

    a) He stole many jewels.

    b) He has repaired many jewels.

    c) He has seen many famous jewels.

8. What does Mr. Opalsen think about his wife's pearl necklace?

    a) He thinks it was too expensive

    b) He thinks it was a good investment.

    c) He thinks that it is a family piece.

9. What did Mr. Opalsen say about the EPD?

    a) He has praised it.

    b) He has criticised it.

    c) He has missed it.

10. Who interrupted Mr. Opalsen during the conversation?

    a) his butler

    b) a page-boy

    c) his wife

II

The Opalsens had a room on the first floor of the hotel. After we knocked on the door, the page-boy left and we heard a voice say, "Come in!". The room was Mrs. Opalsen's bedroom, and she was sitting in the middle of the room crying uncontrollably. Her appearance was quite unusual, for the tears had left deep marks in the thick layer of powder that covered her face. Mr. Opalsen was pacing back and forth furiously. Two police officers stood in the middle of the room, one of them holding a notebook. A chambermaid was standing near the fireplace, looking very frightened. On the other side of the room, Mrs. Opalsen's French maid was also crying and wringing her hands, just like her mistress.

Poirot walked calmly into the chaotic room with a smile. Suddenly Mrs. Opalsen, who was quite big, jumped up from her chair and came quickly toward him.

"I believe in luck, and I feel like it's like fate that we meet tonight. If you can't find my pearls, then no one can."

"Please calm down, Madame," Poirot said, patting her hand. "Everything will be all right. Hercule Poirot will help you."

Mr. Opalsen turned to the police inspector.

"Is it all right if we have this gentleman here?" he asked.

"Sure, no problem, sir," the inspector replied politely, but without real interest. "Now that your lady is feeling better, perhaps she can give us the information we need?"

Mrs. Opalsen looked at Poirot, seeking help. He led her back to her chair.

"Please sit down, Madame, and tell us the whole story without getting upset."

Mrs. Opalsen dried her tears and began, "I came upstairs after dinner to get my pearls for Mr. Poirot to see. The chambermaid and Celestine were in the room as usual..."

"Excuse me, madame, but what do you mean by 'as usual'?"

Mrs. Opalsen explained,

"I don't let anyone in this room unless Celestine, my maid, is present. The chambermaid cleans the room in the morning while Celestine is here, and comes back after dinner to make the beds, also when Celestine is here.

Mrs. Opalsen continued her story, "So I came upstairs and went to this drawer," pointing to the right drawer of the dressing table. "Took out my jewellery box and unlocked it. Everything seemed normal, but the pearls weren't there!"

"When did you last see them?" the inspector asked.

"I saw them before dinner," she said.

"Are you sure?"

"Yes. I wasn't sure whether to wear them or not. But I decided to wear the emeralds and put the pearls back in the jewellery boxes."

"Who locked the jewellery box?" the inspector asked.

"I did," replied Mrs. Opalsen, showing the key around her neck.

The inspector examines it and says

"The thief must have had a copy of the key. It is not difficult to make copy of it. This is a simple lock. What did you do after you locked the jewellery box?"

"I put it back in the drawer where I always keep it," she said.

"Did you lock the drawer?" the inspector asked.

"No, I never do. My maid is always here, so I don't need it."

The inspector's face became serious.

"Let me get this straight. The pearls were in the jewellery box before dinner, and the maid has not left the room since?"

Celestine suddenly cried out and ran towards Poirot, speaking to him in French:

The accusation was terrible! That she was suspected of having stolen from Madame! The police are known to be incredibly stupid! But Monsieur, who was a Frenchman..."

"A Belgian," Poirot corrected, but Celestine paid no attention to the correction.

Monsieur would not want to see her falsely accused while this chambermaid was allowed to get away without punishment. She had never liked her - a bold, red-faced thing - a born thief. She had said from the beginning that she was not honest. And had watched her sharply, too, when she cleaned Madame's room! Let those idiots of policemen search her, and if they did not find Madame's pearls on her, it would be very surprising!

Although Celestine speaks quickly and uses a strong French language, she uses many gestures to convey her message, which the chambermaid can partially understand. This made the chambermaid angry and she blushed.

* * * *

Quiz 2

1. Where was the Opalsens' room located in the hotel?
 a) On the ground floor
 b) On the second floor
 c) On the first floor

2. What is the appearance of Mrs. Opalsen when Poirot meets her in the room?
 a) She is laughing happily.
 b) She is crying uncontrollably.
 c) She looks angry.

3. Who was standing near the fireplace?
 a) The chambermaid
 b) Mrs. Opalsen
 c) The personal maid

4. What does Mrs. Opalsen say when Poirot enters the room?
 a) "I don't think you can find my pearls."
 b) "I'm glad to meet you."
 c) "I hope you can help us."

5. Why was the police inspector in the Opalsens' room?
 a) To arrest them
 b) To help find the stolen pearls
 c) To question them about whether they committed a murder

6. Who is Celestine?
 a) the chambermaid
 b) the personal maid of Mrs. Opalsen
 c) the wife of Mr. Opalsen

7. Who had locked the jewellery box?
 a) The maid
 b) Mrs. Opalsen

c) Celestine
8. Where did Mrs. Opalsen keep her pearls?
      a) in a jewellery box in the drawer
      b) on the dressing table
      c) in the bathroom
9. When did Mrs. Opalsen last see her pearls?
      a) before dinner
      b) after dinner
      c) in the morning
10. What did Mrs. Opalsen do after opening the jewellery box?
      a) She wore the pearls.
      b) She wore the emeralds.
      c) She put the pearls back into the jewellery box.

III

"If this foreign woman is accusing me, she is lying! I never saw the pearls!" she said.

"Search her!" cried Celestine. "You will see that I am right!"

"You're lying," said the chambermaid, stepping forward. "You stole them, and you want to blame me. I was only in the room a few minutes before the lady came. You've been sitting here all this time like a cat watching a mouse."

The inspector looked at Celestine. "Is that right? You didn't leave the room at all?"

"I didn't leave her alone" Celestine said, "but I did go through the door here into my own room twice - once to get a cotton roll, and once to get my scissors. She must have done it then."

"You haven't been gone a minute," said the chambermaid angrily "Just out for a quick moment and back in again. I'd be glad to have the police search me. I have nothing to fear."

At that moment there is a knock at the door. The inspector goes to the door and opens it. His face lights up when he sees who it is.

"Oh, it is a good timing," he remarked. "I called for one of our female searchers, and she just arrived. Would you please go in the next room?"

The chambermaid went into the next room, followed by the female searcher.

Celestine was sitting in a chair, crying. Poirot looked around the room.

"Where does that door lead?" he asked, pointing to the door next to the window.

"To the next apartment, I think," the inspector said. "It's locked on this side, anyway."

Poirot went to the door and tried it.

"And it's locked on the other side, too," he said.

Poirot approached the door and checked it, then tried it again from the other side. "That rules out that possibility," he remarked. He went to the windows and examined one by one. "Nothing, not even a balcony" he noted.

The inspector grew impatient.

"I don't see how that helps us if the maid never left the room."

"Évidemment," said Poirot, "If mademoiselle is sure she never left the room..."

The chambermaid and the searcher returned.

"Nothing," said the searcher.

"Certainly, there is nothing" said the chambermaid "this Frenchwoman should be ashamed of ruining the reputation of an honest girl."

"There, there, my girl, that's all right," said the inspector, opening the door. "No one suspects you. Go on and get on with your work.

The chambermaid reluctantly left.

She pointed to Celestine. "Will you search her?"

"Yes, yes!" He closed the door in front of her and turned the key.

"The searcher accompanied Celestine to her room. After a few minutes she returned alone and nothing was found on her."

The inspector looked serious.

"I'm sorry, but all the evidence points to you, Miss (Celestine). If you don't have it with you, it must be somewhere in this room."

Celestine cried out and clung to Poirot. He whispered something in her ear. She looked up at him doubtfully.

"Si, si, mon enfant - I assure you it is better not to resist."

He turned to the inspector. "May I conduct a little experiment, monsieur? - Only to my own satisfaction."

"Depends on what it is" the policeman replied in a neutral tone

Poirot asked Celestine, "You said you went to your room to get a roll of cotton. Where was it?"

"On top of the dresser, monsieur," Celestine said.

"And the scissors?"

"There, too."

"Mademoiselle, would you please repeat these two actions? You have been working here, haven't you?"

Celestine sat down, and then Poirot gave a signal to start. She got up and went into the next room. She fetched an object from the dresser and returned to the room.

Poirot watched her and looked at his watch.

"Once more, if you please, mademoiselle."

After the second repetition, Poirot made a note in his book and put his watch back in his pocket.

"I thank you, mademoiselle. And you, monsieur"-he bowed to the inspector-"for your courtesy."

The inspector seemed somewhat amused at this excessive politeness. Celestine left the room in tears, accompanied by the woman searcher and the officer in plain clothes.

Quiz 3

1. Who does Celestine think committed the theft
    a) The chambermaid
    b) The female searcher
    c) The Inspector
2. What does Celestine demand after?
    a) She demands a search.
    b) She demands that the inspector arrest the chambermaid.
    c) She demands that the chambermaid be fired immediately.
3. How does Celestine react to the accusations?
    a) She cries and proclaims her innocence.
    b) She admits to the theft.
    c) She runs away.
4. What happens when Celestine is searched?
    a) The stolen pearls are found.
    b) Nothing is found.
    c) Celestine admits that she stole the pearls.
5. What does Poirot discover on the door next to the window?
    a) An open window.
    b) A balcony.
    c) That the door is locked on both sides.
6. What does Poirot rule out when he examines the door and the windows?
    a) The possibility that the maid has left the room.
    b) The possibility that the thief escaped through the door or window.
    c) The possibility that the room was not searched thoroughly enough.
7. What does Poirot whisper to Celestine as she cries out and clings to him?

a) He wants her to confess that she stole the pearls.

b) She is to remain calm and not resist.

c) She is supposed to proclaim her innocence.

8. Where does Celestine go twice before the theft is discovered?

a) To the inspector's room.

b) To her own room.

c) To the maid's room.

9. Why does Celestine leave the room twice?

a) To get a cotton roll and a pair of scissors.

b) To meet with someone.

c) To take a look at the pearls.

10. What does Poirot suggest?

a) He asks the inspector to search the maid.

b) He asks Celestine to repeat her actions.

c) He suggests searching the room thoroughly again.

IV

Then the inspector began to search the room, pulling out drawers and opening cabinets. Mr. Opalsen looked skeptical.

"Do you really think you will find her?" he asked.

"Yes, sir, she didn't have time to take them out of the room. Her plan was interrupted when Mrs. Opalsen discovered the robbery. No, they're right here. One of them must have hidden them-and it's very unlikely the chambermaid did it" the inspector replied.

"More than unlikely-impossible!" said Poirot quietly.

"Huh?" the inspector was surprised.

Poirot smiled a little. "I will show you. Hastings, my good friend, take my watch in your hand. Be careful, it is a family heirloom. I have just measured the length of time Mademoiselle has been absent from the room. The first time it lasted twelve seconds, the second time fifteen seconds. Now observe my actions. Madame will kindly give me the key to the jewellery box. Thank you. My friend Hastings will kindly say 'Go!'"

I took his watch and waited.

"Go!" said I.

Poirot opened the dressing table drawer, took out the jewellery box, opened it with the key, took out a piece of jewellery, closed and locked the jewellery box, and put it back in the drawer. His movements were lightning fast.

"Well, my friend?" asked Poirot to me.

"Forty-six seconds," I replied.

"You see? The chambermaid didn't have enough time to take out or hide the necklace."

"That means we can conclude it was the Mrs.Opalsens maid," the inspector said, and went next door to search the French maid's room.

Poirot looked thoughtful. Suddenly he asked Mr. Opalsen, "Was the necklace insured?"

The question seemed to surprise Mr. Opalsen, and he answered hesitantly. "Yes, that's right".

"But what does it matter?" burst out Mrs. Opalsen through tears. "I want my necklace back. It was one of a kind. No money in the world can replace it."

"I understand, Madame," Poirot said in a soothing tone. "I understand you perfectly. To a woman, the feeling is everything, is it not? But perhaps Monsieur, who is not so sensitive, can take some comfort in knowing that the necklace was insured."

"Of course, of course," Mr. Opalsen said, somewhat uncertainly. "Nevertheless..."

Then the inspector called out triumphantly. He was returning with something he had found. Mrs. Opalsen immediately rose from her chair, became a completely different person, and and cried out "Oh, oh, my necklace!"

"Where was it?" asked Mr. Opalsen.

The inspector said, "In the French maid's bed. Under the mattress. She must have stolen it and hidden it there before the chambermaid came."

"May I see it, Madame?" asked Poirot gently. Poirot examined the necklace and handed it back to Mrs Opalsen.

"I'm sorry, but you must leave it to us for the time being, Madame. We need it as evidence. But we will return it to you as soon as possible.

Mr. Opalsen looked unhappy.

"Do we have to do this?"

"I'm afraid so, sir. It's just a formality."

"Ed, just let him take it," his wife pleaded. "I would feel safer if he did. I couldn't sleep thinking of someone else trying to get it. That unfortunate girl! I never thought she could do something like that. "

"Well, well, my dear, don't worry so much," Mr. Opalsen comforted his wife.

Poirot touched my arm gently. "Shall we go now, my friend? I don't think we are needed anymore."

When we were outside Poirot hesitated, then said surprisingly,

"I would like to see the next room."

We went into the large double room and saw that nobody lived in it. The door wasn't locked. The dust in the room was palpable, and my sensitive friend grimaced as he ran his finger over a rectangular stain on a table near the window.

"The service isn't good," he remarked. He stared thoughtfully out the window and seemed lost in thought.

"And?" I asked impatiently. "Why did we come here?"

He began.

"Je vous demande pardon, mon ami, I wanted to see if the door is locked on this side too."

"Well," I said, looking at the door, "it's locked."

Poirot nodded and continued thinking.

"And besides, what difference does it make now? The case is closed. I wish you'd had more opportunities to show what you can do. Even for someone who wasn't particularly flexible like the inspector, this case was easy.

Poirot shook his head.

"The case isn't over yet, my friend. We must first find out who stole the pearls before we can close it."

"But it was the Mrs. Opalsen's maid!"

"Why do you say that?"

"Why," I stammered, "they were found—actually in her mattress."

"Ta, ta, ta!" said Poirot impatiently. "It wasn't the pearls."

"What?"

"Imitation, mon ami."

* * * *

Quiz 4

1. Who is searching the room?
    a) Mr. Opalsen
    b) Poirot
    c) the inspector

2. How much time did it take for Poirot to open the jewelry box?
    a) Forty-six seconds
    b) Fifteen seconds
    c) Twelve seconds

3. Why does the inspector believe that the necklace must be in Mrs. Opalsen's room?
    a) He believes that the thief did not have time to remove it because Mr. Opalsen arrived in the room;
    b) Mrs. Opalsen's room is a perfect place to hide it;
    c) He believes that Mrs. Opalsen hid her necklace in her room

4. According to the inspector, who didn't have enough time to hide the stolen necklace?
    a) The chambermaid

b) Celestine

c) the inspector

5. Where was the stolen necklace found?

a) In the maid's closet

b) Under the mattress in Celestine's bed

c) In Mrs. Opalsen's jewellery box

6. Who was the happiest when the stolen necklace was found?

a) Mr. Opalsen

b) Mrs. Opalsen

c) the inspector

7. What is Ms. Opalsen's reaction when the necklace is found?

a) She screams and becomes a completely different person

b) She is relieved and thanks Poirot

c) She laughs out loud and says it was a joke

8. Was the stolen necklace insured?

a) Yes

b) No

c) It is not mentioned

9. What does Poirot do after examining the stolen necklace?

a) He gives them back to Ms. Opalsen

b) He takes them as evidence

c) He keeps her for himself

10. Why did the stolen necklace have to be kept as evidence?

a) To keep her

b) As a formality

c) It is not mentioned

V

His statement surprised me. Poirot smiled calmly.

"The inspector knows nothing about jewels. But soon there will be chaos!"

"Come!" I said and tugged at his arm.

"To where?"

"We must tell the Opalsens immediately."

"We should not"

"But this poor woman..."

"Well, the poor woman, she'll sleep better tonight knowing her jewels are safe," said Poirot.

"But the thief may escape with them!"

"As always, my friend, speak without thinking. Are you sure the pearls Mrs. Opalsen locked up tonight are real? Did the robbery happen sooner than we think?

"Oh," I said confused.

"Exactly," said Poirot, smiling. "We start again."

Poirot left the room and went down the corridor. He stopped in front of a small cave where the chambermaids and valets were gathered, and our chambermaid was about to share her experience. When she saw Poirot she stopped speaking and he bowed politely.

"Excuse me for disturbing you, but could you please open Mr. Opalsen's room for me?" said Poirot to the woman.

The woman got up and we followed her into the hallway. Opposite Mrs Opalsen's room was her husband's room. The maid unlocked the door with her master key and we went inside.

Before she left, Poirot stopped her and showed her a white card. "Have you ever seen this card in Mr. Opalsen's things?" he asked.

He gave the chambermaid a plain white card that was shiny and unusual looking. The maid took the card and studied it closely.

"No, sir, I didn't. But the valet looks after the gentlemen's rooms."

Poirot thanked her and took back the card. Poirot seemed to think for a moment. Then he nodded his head quickly and briefly.

"Ring the bell, please, Hastings. Three times, for the valet."

I followed Poirot's instructions and was extremely curious. In the meantime Poirot had emptied the wastebasket on the floor and was hastily searching through the contents. In a few moments the servant answered the bell. Poirot asked him the same question and handed him the card to examine. But the answer was the same. The valet had never seen such a card in Mr. Opalsen's things. Poirot thanked him. The valet eyeing the mess on the floor with curiosity as he made his way towards the exit. He could have heard Poirot's comment as he picked up the torn papers.

"And the necklace was insured..."

"Poirot," I cried, "I see..."

"You don't see anything, my friend," he answered quickly. "As always, nothing at all! It's incredible - but that's the way it is. Let's go back to our own room."

Back in his own room, Poirot changed quickly.

"I'm going to London tonight," he explained. "it is crucial," declared Poirot.

"What?"

"Absolutely. The real thinking is done. Now I just have to find evidence that will confirm my suspicions. I will find it! It's impossible to fool Hercule Poirot!"

"One day you will make a mistake," I said, annoyed at his arrogance.

"Please don't be upset, my friend. Can I ask you a favour - as a friend," he replied.

"Of course," I said eagerly, feeling a little ashamed of my annoyance. "What is it?"

"Could you brush the sleeve of my coat, please? There's a bit of white powder on it. You probably saw me run my finger around in the dressing table drawer, right?"

"I didn't see that," I replied.

"You should watch what I'm doing my friend. That's how I got the powder on my finger. Then I got a little too excited and rubbed it on my sleeve. It was an unmethodical act against my principles," he explained .

I asked, "So what was that powder?" I wasn't particularly interested in Poirot's principles.

"It wasn't the Borgias' poison," replied Poirot, with a mischievous twinkle in his eye. "I see your imagination is going crazy. It was only French chalk."

"French chalk?" I repeated in disbelief.

"Yes, cabinet makers use it to keep drawers running smoothly," he explained.

I chuckled. "You old crook! I thought you were getting ready for something exciting."

"Well, goodbye my friend. I have to save myself now. I'm gone," he said as he closed the door behind him. I smiled playfully and lovingly, took his coat and grabbed the brush to clean it.

Quiz 5

1. What does Poirot say about the inspector and the jewels?

> a) The inspector knows everything about jewels.
>
> b) The inspector knows nothing about jewels.
>
> c) The inspector doesn't have enough information about jewels.

2. What is Poirot's thought on the authenticity of the jewels?

> a) they are real
>
> b) They are fake.
>
> c) He is not sure.

3. What is Poirot showing the maid?

> a) A picture.
>
> b) A white card.
>
> c) A jewel.

4. Who usually takes care of the gentlemen's rooms in the hotel?
   - a) The chambermaid.
   - b) The valet.
   - c) The manager.
5. How often should Hastings ring the bell?
   - a) Once.
   - b) Twice.
   - c) 3 times.
6. What does the valet say about the white card?
   - a) He saw it at Herr Opalsen's.
   - b) He has never seen it.
   - c) He doesn't know where it is from.
7. What does Poirot find in the wastebasket on the floor?
   - a) Torn papers.
   - b) A necklace.
   - c) A box.
8. What is Poirot planning next?
   - a) He's retiring.
   - b) He's going to London tonight.
   - c) He travels.
9. What does Hastings say of Poirot's arrogance?
   - a) One day Poirot will make a mistake.
   - b) Poirot is the best detective in the world.
   - c) Poirot is an infallible man.
10. What does Poirot ask Hastings before he leaves?
    - a) He asks him to look for evidence.
    - b) He asks him to wear his coat.
    - c) He asks him to brush the sleeve of his coat.

VI

I heard nothing from Poirot the next day, so I decided to go for a walk. I met some old friends along the way and had lunch with them at their hotel. We later went on an excursion but had to stop because a tire blew out. By the time I got back to the Grand Metropolitan it was past eight o'clock. I was surprised to see Poirot sitting in the hotel cafe. He was squeezed between the Opalsens. He looked even smaller than usual, but he smiled contentedly."

Poirot exclaimed, "My dear Hastings!" and rushed towards me. Then he said: "Hug me, my friend! Everything went great!"

Thankfully, the hug was only symbolic, which isn't always certain with Poirot.

"They mean ...?" I started asking.

"Just wonderful, that's what I call it!" said Ms. Opalsen, smiling broadly. "Didn't I tell you Ed that nobody can get my pearls back if they don't make it?"

"You did, my dear, you did. And you were right."

I looked at Poirot and felt completely lost. He noticed my confusion and started speaking.

"My friend Hastings is, as they say in England, by the sea. Please sit down and I will tell you all about the case. Everything ended so well."

"Ended?" I asked amazed.

"Yes, they have been arrested."

"Who was arrested?"

"The chambermaid and the valet, parbleu! You didn't suspect them? Not even after my reference to the French chalk?"

"You said that the cabinet makers use them."

"Yes, they do that to make drawers slide more easily. Someone wanted this drawer to open and close silently. Who could it be? the chambermaid, obviously. The plan was so ingenious that even Hercule Poirot couldn't see through it at first.

"Hear how it was done. The valet was waiting in the empty room next door. When the French maid left the room, the chambermaid quickly opened the drawer, took the jewel case and pushed it through the door. The valet later opened the jewel case with him a duplicate key, took out the necklace and waited for the right moment.As Celestine left the room, he pushed the jewel case back through the door and the chambermaid put it back in the drawer.

"Then Madame came and the theft was discovered. The maid insists on being searched and leaves the house without being accused. The fake necklace they had prepared was hidden in the French woman's bed by the chambermaid that morning - a brilliant move I must say!"

"But why did you go to London?" I asked.

"Do you remember the white card?"

"Of course, it confused me - and still puzzles me. I thought..."

I hesitated and glanced at Mr. Opalsen.

Poirot laughed heartily.

"It was just a trick. The card had a special surface to collect fingerprints. I immediately drove to Scotland Yard and presented the facts to Inspector Japp, our old friend. As I suspected, the fingerprints belonged to two infamous Jewel thieves who have been wanted for some time. Japp came with me, the thieves were arrested and the necklace was found in the valet's possession. They were clever, but they failed in their method. Haven't I already told you at least thirty-six times, Hastings that without method..."

"At least thirty-six thousand times!" I interrupted him. "But where did their method' fail?"

"Dear friend, working as a maid or valet is a smart idea, but one must do one's duties carefully. This time they forgot to clean an unoccupied room. When the man placed the jewellery box on the dusty small table by the connecting door, it left a square mark."

"I remember that," I exclaimed.

"First I wasn't sure. Then I knew!" There was a brief silence.

"And I have my pearls," said Ms. Opalsen, as if she were a Greek chorus.

"Well," I said, "I'd better go get something to eat." Poirot accompanied me.

I said, "You should get credit for that."

"Not at all," replied Poirot calmly. "Japp and the local inspector will have the credit. But..." He tapped his pocket. "I have a check from Mr. Opalsen. What do you think, my friend? This weekend didn't go as planned. Shall we come back next weekend - this time at my expense?"

Quiz 6

1. Where did Hastings see Poirot on his return to the Grand Metropolitan?
   - a) In the lobby.
   - b) In the kitchen.
   - c) Between the opals.
2. Who was arrested for stealing the pearls?
   - a) The chambermaid and the valet.
   - b) The cabinet makers.
   - c) Hercule Poirot.
3. Who helped Poirot apprehend the thieves?
   - a) Inspector Japp from Scotland Yard.
   - b) The chambermaid.
   - c) Mr. Opalsen.
4. How did the chambermaid and valet carry out the theft?
   - a) They stole the jewellery box when there was no one in the room.
   - b) They pushed the jewellery box through the door when the French maid left the room.
   - c) They stole the necklace from the jewellery box when the maid left the room.
5. Who had the duplicate key to the jewel case?
   - a) The chambermaid.
   - b) The valet.
   - c) Mrs. Opal
6. Where was the fake necklace hidden?
   - a) In the drawer of the jewel case.

b) In the French girl's bed.

c) In the maid's closet.

7. What was the purpose of the special surface on the card?

    a) To collect fingerprints

    b) It was an ID card to access casino

    c) To access a bank account.

8. Whose fingerprints were on the card?

    a) The fingerprints of the chambermaid and the valet.

    b) The fingerprints of Poirot and Japp.

    c) The fingerprints of two notorious jewel thieves.

9. Where was the stolen necklace found?

    a) In the room of the Opalsens.

    b) In the room of the maid.

    c) In the room of the valet

10. What was Poirot's conclusion?

    a) You cannot solve a case without a method.

    b) You always have to make a joke to solve a case.

    c) Only the police can solve a case.

Lösung

I

1a; 2b; 3a; 4b; 5b; 6b; 7c; 8a; 9a; 10b;

II

1c; 2b; 3a; 4c; 5b; 6b; 7b; 8a; 9a; 10c;

III

1a; 2a; 3c; 4b; 5c; 6b; 7b; 8b; 9a; 10b;

IV

1c; 2a; 3a; 4a; 5b; 6b; 7a; 8a; 9a; 10b;

V

1b; 2b; 3b; 4b; 5c; 6b; 7a; 8b; 9a; 10c;

VI

1c; 2c; 3a; 4b; 5c; 6b; 7a; 8a; 9c; 10a;

Thank you for your purchase! We sincerely hope that you enjoyed reading this story.

We would appreciate it if you left a review on Amazon.

Also, be sure to check out our other book in this series:

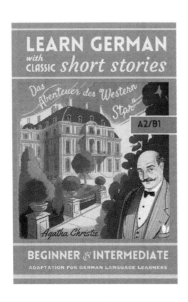

ISBN: 979-8389469167

.

Made in the USA
Middletown, DE
19 June 2023